U0047246

魯奇歐與呼哩呼哩

前往大莊園啦～

庄野菜穗子・著　　盧慧心・譯

「肚子餓扁了。
偶爾也該吃個鮪魚生魚片之類的吧。」

魯奇歐這隻貓，總是肚子餓。
這時候，他的小伙伴呼哩呼哩奔了進來。

「大哥！不得了了！看看這張宣傳單！」
「搞什麼嘛！這麼大聲，害我空空的肚子也叫起來了。」

宣傳單上，這樣寫著：

招 募 好 貓

想不想在岬岸莊園的貴婦身邊
過著愜意的生活呢？

我 們 提 供
高 級 洋 服
暖 呼 呼 的 床 鋪
豪 華 魚 類 大 餐

「終於要到大莊園就職了！呼哩呼哩，我們走！」
「大哥，那邊有沒有鮪魚可以吃啊～」

岬岸莊園寬闊的庭院裡
已經聚集了好多貓，
魯奇歐跟呼哩呼哩從女僕手上接過號碼牌，
也開始排隊了。

不久，有個威嚴的先生走出了大門。
「各位，敝人是此地的管家。」
「管蝦？？」
「請各位到等候室，等待夫人親自面試。
啊⋯⋯這邊的兩位，請往這裡來。」
不知怎麼的，他似乎是在叫魯奇歐跟呼哩呼哩呢。

他們倆被帶去的地方，是浴室！
「兩位……請讓我們稍稍整頓一下你們的外型。」
有生以來的第一次洗澡啊，實在太可怕了。

「大哥！肥皂跑到眼睛裡了啦～！」
「撐過去啊！呼哩呼哩！就職、就職！」

全身擦乾，這下該穿衣服了。
「大哥……肚子好緊喔。」
「呼哩呼哩、忍著點！美食、美食！」

終於來到等候室，
旁邊的貓告訴魯奇歐不少情報。

「這個莊園的伙食，好像真的很棒噢。
會端出鯛魚、比目魚⋯⋯連鮪魚都有。」
「鮪魚！！！」

同時，呼哩呼哩漸漸緊張了起來。

終於輪到魯奇歐他們了。
夫人用銳利的眼光打量著走進房間的貓貓們，
然後才說：
「那麼，就從最旁邊的開始，一一報上名來吧。」

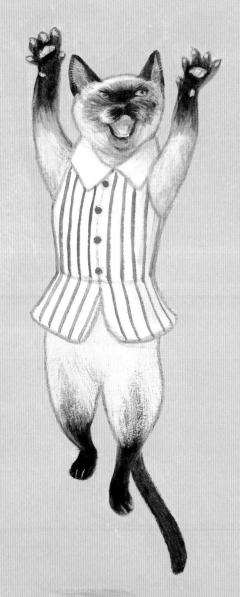

夫人盯著呼哩呼哩，然後說：
「那邊胖胖的那個，你過來。」

呼哩呼哩
有點害怕的走到前面。

夫人翻開呼哩呼哩的
耳朵來檢查，

又找了一下
嘴裡的蛀牙，

還突然拉起他的尾巴。

最後則是要呼哩呼哩
用後腳站好，
伸長兩手。

呼哩呼哩已經
太害怕、太害怕了
他不假思索地⋯⋯

「呀～～！」

大叫了起來

還露出所有的爪子。

「呀！」
夫人的臉頰上
有四條爪痕！
傷痕一下子
就變得紅通通的了。

「糟了，呼哩呼哩！一起逃吧！」
「大哥！」

逃出來的路上，眼睛很亮的魯奇歐找到了許多美味的剩菜。
兩貓在逃出大門以後，仍然跑呀跑的。
到家之前，他們都一直跑個不停。

「大哥，我闖禍了，對不起～」
「別介意。辛苦你了。抱歉啊。多吃點吧。雖然是剩菜，但還能吃。」
「剩菜裡面有『喝豚』耶，大哥。」
「那個叫做『河豚』啦！」

「那個胖胖的傢伙，抓得還真痛啊。
不過，他挺可愛的呢。如果他再來的話，就僱用他吧。」

大莊園裡的夫人，似乎這麼說噢。

Witty Cats 5

 魯奇歐與呼哩呼哩——前往大莊園啦～

ルッキオとフリフリ おやしきへいく

作者 庄野菜穂子 しょうのなおこ｜譯者 盧慧心｜副主編 劉珈盈｜特約編輯 陳盈華｜協力編輯 黃嬿羽｜美術設計 張閔涵｜執行企劃 黃筱涵｜發行人 趙政岷｜出版者 時報文化出版企業股份有限公司 10803 台北市和平西路三段 240 號 3 樓 發行專線─(02)2306-6842 讀者服務專線─0800-231-705・(02)2304-7103 讀者服務傳真─(02)2304-6858 郵撥─19344724 時報文化出版公司信箱─台北郵政 79-99 信箱 時報悅讀網─http://www.readingtimes.com.tw｜法律顧問 理律法律事務所 陳長文律師、李念祖律師｜印刷 勁達印刷有限公司｜初版一刷 2019 年 3 月 15 日｜定價 新台幣 320 元｜版權所有 翻印必究──時報文化出版公司成立於 1975 年，並於 1999 年股票上櫃公開發行，於 2008 年脫離中時集團非屬旺中，以「尊重智慧與創意的文化事業」為信念（缺頁或破損書，請寄回更換）。

ISBN 978-957-13-7717-9（精裝）

《RUKKIO TO FURIFURI OYASHIKI E IKU》
© NAOKO SHONO 2016
All rights reserved.
Original Japanese edition published by KODANSHA LTD.
Traditional Chinese publishing rights arranged with KODANSHA LTD.
through Future View Technology Ltd.
本書由日本講談社正式授權，版權所有，未經日本講談社書面同意，不得以任何方式作全面或局部翻印、仿製或轉載。